De cachorros falsos
e leões verdadeiros

Burundi. De cachorros falsos e leões verdadeiros
Pablo Bernasconi
Título original: *Burundi. De falsos perros y verdaderos leones*

Edição: Florencia Carrizo
Tradução: Carolina Caires Coelho
Revisão: Tomaz Adour
Design: Pablo Bernasconi
Diagramação: Verónica Álvarez Pesce

Primeira edição.

R. Adib Auada, 35 Sala 310
Bloco C, Bairro: Granja Viana
CEP: 06710-700 - Cotia
São Paulo - SP
E-mail: infobr@catapulta.net
Web: www.catapulta.net

ISBN 978-65-5551-000-3
Impresso na China em março de 2020.

Bernasconi, Pablo
  Burundí : de cachorros de mentira e leões de verdade / Pablo Bernasconi ; [organização Editores da Catapulta ; ilustrações do autor ; tradução Carolina Caires Coelho]. -- 1. ed. -- Cotia, SP : Catapulta, 2020.

  Título original: Burundi : de falsos perros y verdaderos leones
  ISBN 978-65-5551-000-3
  1. Contos - Literatura infantojuvenil
2. Literatura infantojuvenil I. Título.

20-34527   CDD-028.5

Índices para catálogo sistemático:
1. Contos : Literatura infantil   028.5
2. Contos : Literatura infantojuvenil   028.5

Maria Alice Ferreira - Bibliotecária - CRB-8/796

© 2020, Pablo Bernasconi
© 2020, Catapulta Editores Ltda.

Livro de edição brasileira.

Nenhuma parte desta obra poderá ser reproduzida, copiada, transcrita ou mesmo transmitida por meios eletrônicos ou gravações sem a permissão, por escrito, do editor. Os infratores estarão sujeitos às penas previstas na Lei nº 9.610/98.

BURUNDI

De cachorros falsos
e leões verdadeiros

Pablo
Bernasconi

— Que lindo entardecer!

— Boa tarde!
— Boa tarde. Quer uma maçã? — Cervo ofereceu.
— Não, obrigado, não como fruta. Só como carne.
— Ah... e por quê?
— Como por quê? Porque sou um leão!
— Hum... Não, você é um cachorro salsicha.
— Sou um leão. É óbvio.

— Não é tão óbvio assim — Coelho interviu. — O leão é um mamífero carnívoro da família dos felinos que pode medir até três metros e meio e alcançar duzentos e cinquenta quilos de peso por isso sabemos que os leões e os tigres são os maiores felinos do planeta e que por serem ferozes caçadores podem correr até alcançar uma velocidade de sessenta quilômetros por hora perseguindo uma presa com suas fortes mandíbulas cheias de caninos que chegam a medir vinte centímetros. Os machos são facilmente identificáveis por sua juba que os humanos têm usado como símbolo para coroá-los reis da selva.

Você é um cachorro salsicha. ISSO é óbvio.

— Ah, é? Então por que tenho esses dentes enormes de leão, afiados e prontos para atacar a qualquer momento?
— Enormes? — duvidou o Coelho.

— O que disse o **cachorro**? — Zebra, que apareceu do nada, perguntou.
— Disse que é um leão.

— Huaaa, huaaa, huaaaaa! Um leão?!! Isso é a coisa mais engraçada que já ouvi na vida. E o que faz com que você acredite nisso?

— Bem, muitas coisas!

...levanto as orelhas, como um leão...

...balanço o rabo, como um leão...

...salto muito longe, como um leão...

posso rugir, como um leão!

— Mas é muito estranho que, sendo um leão, você não tenha sentido vontade de me comer — Cervo disse.
— Bem, cada um tem suas preferências, não é? Eu não como qualquer coisa — Leão respondeu.

— Olá, amigos! O que me contam? — Macaco gritou.
— Esse **cachorro** está tentando nos convencer que é um leão — comentou Zebra, com ironia.

— Claro! — Macaco disse. — É igualzinho ao outro leão que eu conheço, amarelo e com listras pretas.
— Isso é um tigre! — Coelho corrigiu.
— Sim, por isso. O que eu disse?
— Um leão!
— Claro, são os que têm escamas verdes e uma boca enorme.
— Não! Isso é um crocodilo!
— O que eu disse?
— Um leão!
— Exato! Os que usam penas e bico?
— Bem, chega! — Leão interrompeu. — Sou um leão e pronto!

— Vejam... Se não acreditam em mim, vão ver o que tem atrás dessa árvore.

— Ah! O que é isso? — Cervo perguntou. — Que nojo!
— É cocô de leão — Leão disse.
— E como sabemos que é seu?
— Porque sou um leão, faço cocô de leão!

— Sem ir mais longe, ontem me levantei com o sol nascendo, como toda manhã, e saí correndo pela distância que me separa da lagoa. Cinquenta quilômetros de planícies, montanhas e desertos escaldantes. Como estava fresco, fiz um cachecol com uma cobra que encontrei, e depois atravessei com um salto de doze metros o rio caudaloso cheio de peixes assassinos. Perto da lagoa, vi o Crocodilo, que fugiu assustado à toda velocidade quando me viu chegar roendo um osso de elefante. Ao entardecer, enquanto penteava minha grande juba, me dei conta de que o lugar onde eu pretendia dormir tranquilamente estava ocupado...

...por uma manada de doze rinocerontes de botar medo, a quem tive que espantar com meu poderoso rugido para que não me perturbassem. Até as montanhas tremeram.

— ...
— Bem, tenho que ir, já chega de piadas — Cervo interrompeu.
— Hahahaha! Sim, que absurdo. Tem cada maluco por aqui — Macaco respondeu.
— Esse **cachorro** está maluco — disse Zebra.

— Quem eram? — a Leoa perguntou.
— Uns tipos que conheci por aí. A de listras pretas parecia bem macia para o jantar.

— Por falar em jantar... vamos, querido?
— Vamos, meu amor. Estou com fome.

Pablo Bernasconi

É um artista extraordinário especialista em colagem digital e outras técnicas mistas. Nasceu na Argentina em 1973. Publicou muitos livros em colaboração com autores de grande renome e muitos outros nos quais escreve o texto e desenha as ilustrações. Entre suas obras, estão *Retratos, Vaca branca, mancha preta* e *O diário do Capitão Arsênio*, publicados no Brasil. Colabora em jornais e revistas do mundo, como *The New York Times* e *La Nación*.

Pela qualidade de sua ilustração, foi finalista do Prêmio Hans Christian Andersen na edição de 2018.